Lee Aucoin, *Directora creativa*
Jamey Acosta, *Editora principal*
Heidi Fiedler, *Editora*
Producido y diseñado por
Denise Ryan & Associates
Ilustraciones © Jane Wallace-Mitchell
Traducido por Santiago Ochoa
Rachelle Cracchiolo, *Editora comercial*

Teacher Created Materials
5301 Oceanus Drive
Huntington Beach, CA 92649-1030
http://www.tcmpub.com
ISBN: 978-1-4807-2998-8

Printed in China 51497

Campamento de safari

Escrito por Sharon Callen
Ilustrado por Jane Wallace-Mitchell

Era hora de dormir en el Campamento de safari. Todos los animales estaban cansados.

—Lávense los dientes, por favor —dijo Leona—. Luego, apagaré las luces.

—¿Tenemos que hacerlo?
—refunfuñaron los animales.
—Sí —dijo Leona.

Los animales buscaron sus cepillos de dientes.

Suricata saltó.
—Seré la primera en lavarme los dientes.

—Tengo un cepillo nuevo y pequeño. Y la pasta dental está de pie: igual que yo.

Cebra se unió a ellos.
—¡Mi pasta dental es blanca y negra! Mi cepillo es gris.

—Mi cepillo es eléctrico. ¡Y tengo el tubo de pasta más grande del mundo! —dijo Hipopótamo.

—Tengo un cepillo súper largo —dijo Jirafa—. Pero sólo tengo un pequeño tubo de pasta.

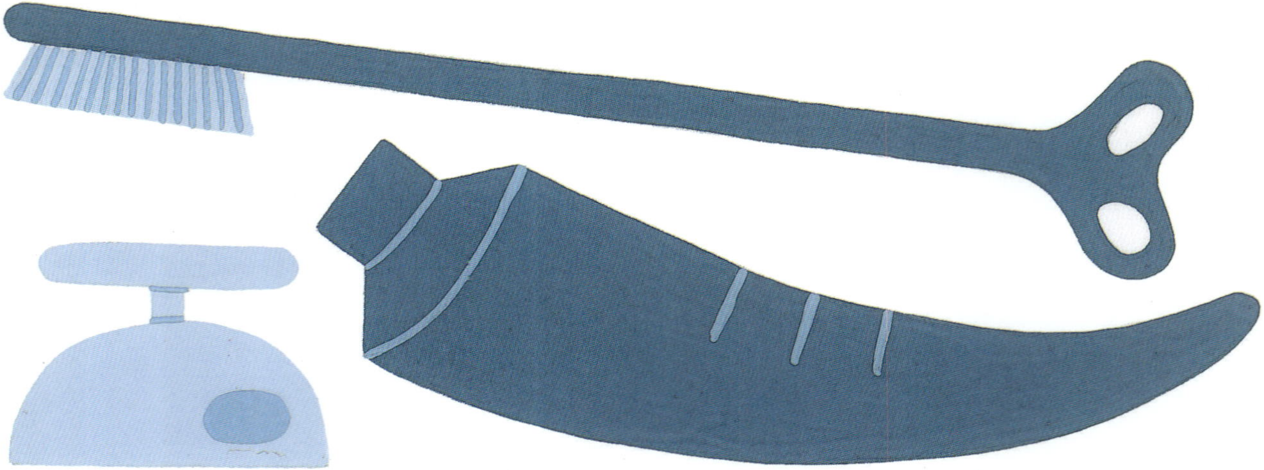

—Mi cepillo tiene un mango especial, y uso una bomba para la pasta. La aprieto con el pie —dijo Elefante.

—Tengo un picocepillo y una picopasta —dijo Flamenco. Todos se detuvieron a observar.

—¡Ni siquiera tiene dientes! —exclamó Suricata.

Leona vino a ver sus sonrisas limpias y resplandecientes.

—¡Bien hecho! —dijo—. ¡Ahora a la cama! Es hora de dar las buenas noches.

—¿Tenemos que hacerlo? —gritaron los animales—. No nos sentimos cansados.

—Sí —dijo Leona. Y apagó las luces.